ADIVINA... ¿Quién soy?

Me gusta ayudar a las personas.

RETO 1
¿Qué debes hacer antes de cruzar una calle?

Cuando hay mucho tráfico pongo orden.

RETO 2

¿Cómo crees que se sienten las personas que van manejando en la primera escena?

También capturo a las personas que hacen cosas malas.

RETO 3

Explica con tus propias palabras qué pasa en cada escena, si te animas puedes contarlo como si fuera un cuento, no olvides usar el comienzo: había una vez....

Cuido que las personas cumplan con las reglas de tránsito, como:

RETO 4

Señala a la persona que NO está cumpliendo con las reglas de tránsito.

Fui a una academia donde me enseñaron cómo hacer bien mi trabajo.

RETO 5

Señala las imágenes donde las personas están haciendo ejercicio.

Empleo varios vehículos según sea necesario.

RETO 6

Cuenta cuántas ruedas ves en estos vehículos. ¿Qué forma tienen?

¿Adivinaste quién soy?

¡Sí, soy un policía!

Observa estas imágenes, después une cada una con su descripción.

Lo uso para que las personas me escuchen.

En ella me transporto.

La uso en la cabeza y me protege del sol.